BU DIE J

捕谍记

- （英）芭芭拉·米切尔希尔 著
- （英）托尼·罗斯 绘
- 邱 卓 译

语文出版社

·北京·

图书在版编目（ＣＩＰ）数据

捕谍记 ／（英）芭芭拉·米切尔希尔著 ；（英）托尼·
罗斯绘 ；邱卓译. -- 北京 ：语文出版社，2021.6
ISBN 978-7-5187-1248-9

Ⅰ．①捕… Ⅱ．①芭… ②托… ③邱… Ⅲ．①儿童小
说－侦探小说－英国－现代 Ⅳ．①I561.84

中国版本图书馆CIP数据核字(2021)第075613号

责任编辑	张　程
装帧设计	刘姗姗
出　版	语文出版社
地　址	北京市东城区朝阳门内南小街51号　　100010
电子信箱	ywcbsywp@163.com
排　版	北京光大印艺文化发展有限公司
印刷装订	北京市科星印刷有限责任公司
发　行	语文出版社　新华书店经销
规　格	890mm×1240mm
开　本	1 / 32
印　张	2.5
版　次	2021年6月第1版
印　次	2021年6月第1次印刷
印　数	1～3,000
定　价	25.00元

📞010-65253954（咨询） 010-65251033（购书） 010-65250075（印装质量）

第 一 章

我猜你知道我的名字。达米安·杜鲁斯，罪恶克星，顶尖侦探。我破案无数——而今天我要讲述的这个案子更加引人关注。因为它牵涉到一桩大买卖，

关涉金钱和谎言，听起来令人热血
沸腾。

这一切都要从那个星期六的早上
说起。那天，温斯顿、哈里、陶德还
有他的小妹妹拉芙像往常一样，到我
家花园的小木屋里集合，来参加我的

侦探学校培训。我教他们如何破案，作为酬劳，他们每人只需要给我一袋薯片（我想这还是很公平的）。

那个星期六，拉芙看起来和往常不大一样，无精打采的，耷拉着嘴角。就连我讲如何在拥挤的超市里追踪罪犯这么重要的技巧，她都听不进去。除了她，其他人都兴致勃勃地听着。

"拉芙，你看起来有点儿心不在焉，出什么事儿了？"我问道。

不知怎的，她号啕大哭起来，吓得男孩子们都转过身呆呆地看着她。

"没事儿的，达米安，"陶德说，"我这个小妹妹总是多愁善感的。我

也不知道是怎么回事儿。可能女孩儿都这样吧。"

我们想尽办法继续早上的授课，但是拉芙的哭声太大了，想要保持专注真的很难。无奈，大家只得放弃。

"行啦，"陶德捧起妹妹的小脸，"告诉我们怎么了，要不我就带你回家。"

拉芙强忍着泪水，抽了几下鼻子，说道："系（是）紫（斯）旺先生的事儿。他家里粗（出）大似（事）了。"

"斯旺先生？他是谁？他家里怎么了？"我问道。

"紫（斯）旺先生似（是）个记（自）己住的老人。"

有时候你真的很难搞清楚拉芙说的话到底是什么意思，但是你还不得不耐心地听下去，毕竟她还是个小屁孩儿。

最终还是陶德给我们几个人解释了一番，毕竟他已经习惯了拉芙的说话方式。她说的是住在清水街陶德奶奶家隔壁的斯旺先生。拉芙和陶德经常去看望这位老人，和他说说话儿。斯旺先生允许他们在花园里玩，也不介意他们在花园里踢球，因为他的那个小花园本就杂草丛生。

"他窖似（总是）那么善良，还给偶（我）们橘紫（子）汁和饼干吃。"拉芙说道。

"给你们橘子汁和饼干，"我说道，"有什么问题吗？"

"可是，没有橘紫（子）汁，也没有饼干啦。他很身（生）气。他朝偶（我）们大喊大叫，变得好极（奇）怪。"

"那就是说，他突然变得很奇怪，对吗？肯定是发生了什么事。是什么事呢？"

"他不告诉偶（我）们，"拉芙

皱着眉头，"尊（真）是个谜。"

一个谜，嗯？如果让我出手的话，问题也许会迎刃而解。想象一下，也许有一些恐怖的事情发生在斯旺先生身上——就像电影《杰柯尔博士与海德先生》里演的那样，他也许是喝下了某种药水，把自己变成了一个怪物。

只要给我点儿时间，我一定能查个水落石出。

第 二 章

我很快便制定出了一个行动计划，这让大家十分惊喜。

"达米安，你尊（真）棒。什么事情都拦（难）不倒你。"拉芙向我投来钦佩的目光。

我们都伪装成园丁的样子（再带上园艺工具就齐活儿了），趁妈妈不注意便离开了小木屋。

　　到了清水街，拉芙和陶德便去了奶奶家，好引开她的视线。我上前敲了敲斯旺先生家的大门，温斯顿和哈里紧跟在我身后。

不一会儿，斯旺先生拨开门锁，把门打开了，确切地说，只打开了一道门缝儿。

"你们是谁？"他声音嘶哑地问道，"你们想干什么？"

拉芙说得没错。他的确很老，也很古怪。

"我们是童子军帮扶离休人员小分队的，我们来是想帮您收拾收拾花园。"我答道。

陶德告诉过我，那个花园有点乱，需要好好修整一番，但是斯旺先生从来都不干。"走开！"他一边说，一边准备关门。我将手里的锄头猛地塞进门缝儿，说道："我们是来帮忙的，是牧师让我们过来的。"我顺势给了他一个招牌式微笑。

"牧师？"

这的确是个谎话，但我相信牧师先生一定会谅解的。

"好吧……"

"不收费的。我们免费为您除

草。"

拉芙说过，他很穷，因此我觉得我们也是在做一件好事。

"这样啊？！那你们顺便也帮我修剪一下这边的灌木丛吧。"斯旺先生答道。

　　他看上去平静了一些，把我们带到房子后面，甚至还给我们拿来了橘子汁和饼干。事情进展得很顺利。其他人动手挖荨麻，我负责盘问斯旺先生。（一般情况下，侦探问别人问题的时候都这么说。）

　　事实上，斯旺先生是一位发明家。是不是很酷！我之前还从未遇见过发明家呢。但是他确实遇到了个大麻烦。他每次想出一个新发明，就会在库房里写出设计方案，但随后这个方案都会不翼而飞。难道这就是他变得如此奇怪的原因吗？

　　"我觉得应该是城里的某个发明家干的，"斯旺先生对我说道，"他们肯定是嫉妒我的才华，就是这么回事。就是那些自己想不出新点子的人干的，这个你懂的。"

我不得不承认他说得很有道理。

"我每天都在库房里工作，为了防盗，我还在门上安装了挂锁。"他说道，"重要的是，一定不能让那些图谋不轨的人在比赛前得逞。"

"比赛？"

"对，发明家大赛。方案下周一就要提交。奖金有六千英镑呢。"

哇！好大一笔钱。

正当我要寻问一些更有价值的线索时，斯旺先生突然大发脾气，冲着哈里和温斯顿咆哮道："快住手！瞧

瞧你们都干了什么。我的玫瑰！我的
杜鹃！"

　　他愤怒地挥舞着拐棍儿，瞧这阵
势，我们还是走为上策吧。

第 三 章

回到小木屋后，我跟小分队的成员们分享了我的发现。

"实际上，斯旺先生如此情绪不安，就是因为他家附近总有间谍出没。"我说道。

小伙伴们目瞪口呆。间谍？我们镇上居然会有间谍？！

"达米安，什么似卷谍（是间

谍）？”

"间谍就是那些四处打探别人想法的人。"我解释道，"这可是个大买卖。有些人专门靠这个发大财。他们盗取别人的发明，然后把这些发明卖给一些公司，人称'工业间谍'。"

我敢说，我在犯罪领域的知识存储足以让他们震惊。

"你似（是）说，有人在监似（视）紫（斯）旺先生？"

"是的，拉芙。有人盯上他了。"

我们都觉得这很不公平。难怪斯旺先生会那么无助，也难怪他总是会突然大发脾气。相信一旦我抓住了那个间谍，斯旺先生就会变回那个和蔼可亲的老人家，拉芙也会开心起来了。

在我的职业生涯初期，我便注意到有几类人准保是骗子。

他们有如下特征：

特征 1：眼间距过近的人。

特征 2：留着胡子的人——特别是那些留着浓密胡子的男性。

我的计划是，沿着清水街搜索（当

然要有所伪装）有上述特征的人。这样，我就能阻止那个间谍进入斯旺先生家的花园，闯入库房了。

唯一的麻烦就是妈妈下午另有安排。她要为一个大型派对提供餐饮服务，还想让我陪着她一起去。

"就在市政大厅，四点钟开始。我们两点钟就得出发，好留点时间上菜。"她对我说。

我得设法摆脱这个差事。

"你去吧，妈妈。我在家待着。"

但是这似乎没有用。妈妈摇了摇头。"我可不这么觉得，达米安。我不会再把你一个人留在家里了。如果把你一个人留在家里，我都不敢想象会出什么乱子。不行，你必须和我一起去。"

这无疑是一记重挫。知道吗，当间谍在一个区域内出现时，你必须快速采取行动。

我抗议道："你不喜欢我在你工作的时候跟着你。你总说我给你惹麻烦。"

"的确，但是你可以待在厨房里，在那儿你惹不出多大的乱子来，不是么？"

我试图找各种理由，但都无济于事。妈妈坚持让我先去洗个澡，再换件干净衣服——她就是这么认真。

搜索行动必须马上提上日程。侦探小分队的其他成员必须保持警惕。我得通知陶德，让他掌握这些信息。

我把淋浴喷头打开，好让妈妈觉得我确实在洗澡，随后便溜进了她的卧室，给陶德打起了电话。

"陶德，"我说道，"情况紧急。我没法参加今天下午的捕谍行动了。

　　我得去市政大厅给我妈帮忙。没有我
她应付不来。情况我不说你也懂的。"

　　陶德明白。他很能理解在老妈应
付不来时出手相助是怎么一回事儿。
比如，当他的卧室需要打扫或者养兔
笼子需要清洗时，他时不时也得给她
妈妈帮帮忙。

　　"达米安，你要我做什么？"

　　我告诉他，我已将清水街附近分成三个区域：一块儿归哈里管，一块儿归温斯顿和他家的狗狗卷毛儿管，还有一块儿归陶德和拉芙管。他们是初级侦探，因此我也不指望他们能在一大片区域内巡逻。

　　"你们要做的就是在自己所负责的那片区域内转悠转悠，留意有没有看起来像间谍的人。"

　　"听起来挺简单的。"陶德说道。

　　"陶德，给其他人打电话时一定要叮嘱他们，别忘了带笔记本，同时做好伪装。"

　　"好的，我把'大个儿'也带上。"他答道。

　　这个建议不错，因为"大个儿"隔着一百米就能闻出骗子的味道。两个星期前我曾在狗狗秀上捣毁了一个犯罪团伙，那次"大个儿"表现得很棒。

　　布置完任务，我便回到浴室，水还在哗哗地流着。糟糕的是，肥皂堵住了下水道，水从小隔间溢到了外面的地板上。我努力让自己保持冷静，接着顺手抓了一件毛衣把地上的水吸干。

可是，我怎么知道妈妈要穿那件毛衣去参加派对呢？在我看来，那件毛衣也没什么特别的。她也用不着冲我嚷嚷啊？有时候，我竟然觉得自己在这个家里是多余的。

第 四 章

　　我十分沮丧地爬进了妈妈的货车。留下小分队的成员们执行重要任务，自己却被困在厨房里——可能就是干一些刷盘子洗碗之类的活儿，真是让人丧气。

　　出发的时候，妈妈不再为那件毛衣的事儿耿耿于怀了。实际上，她看上去倒是很兴奋的样子，"达米安，

我觉得这肯定是个好玩的派对。"她说道。

　　我无言以对，心想：星期六下午的市政大厅能有什么好玩的事儿。

　　妈妈说道："这个派对是为这一带所有的发明家举办的。"

　　"发明家？"

　　我马上来了兴致。

"是的，这个俱乐部的名字叫作'匿名发明家'。"

"'匿名'是什么意思？"

"意思就是将你的名字保密。"

我的脊梁骨突然感到一阵麻酥酥的。为什么有人要将自己的名字保密？这难道不是很可疑吗？他们肯定没干什么好事儿。

"他们每个月都聚会一次，同时带来他们最新的发明。如果你表现得好——而且是足够好的话，我就问问能不能让你也去见识见识。"显然，妈妈不知道这些信息对我来说有多么重要。

我会好好表现吗？当然，如果能

和那些发明家们见上一面的话，我想我会变成一个天使。

一路上我都异常兴奋。我甚至为那些小伙伴们感到遗憾。他们要在大街上来来回回地搜索，而此时我们要寻找的那个间谍可能就在这个派对里。

市政大厅是一栋破旧的大楼。我们把车停在楼后面，开始卸货。

"什么都别碰，"妈妈说道，"我来搬这些食物，你跟着我就行。"

妈妈担心我再毁了她的奶油蛋糕。她认为我不被信任是因为我做事不够专注——但事实并非如此。我只是因为路不平绊倒过几回，但这又不是我的错。

我们沿着曲折的走廊走进厨房。厨房又大又旧，屋里充满了煮熟了的卷心菜的味道。

"达米安，你在这儿等着，我去把剩下的东西搬进来。记住，别乱动！"

从货车走到厨房有很长的路要走，妈妈至少要十分钟才能回来。但这股菜味快把我熏晕了。我得出去呼吸呼吸新鲜空气。

　　我顺着走廊溜到市政大厅的前门，注意到前厅的地板上铺着鲜红的地毯（作为一名侦探必须学会善于观察）。我知道红地毯是个重要的信号。

　　不巧的是，当我正要走过去时，一个身穿黑色西装的高大男人上前一步，挡住了我的去路。

　　"年轻人，你想去哪儿？"

　　我秒答道："我在找'匿名发明家'。"

　　他弯下腰，摸了摸自己的下巴，低头端详着我。

　　"想成为一名发明家，你还年轻了点儿，不是么？"

　　真是无理。

　　"事实上，我是这一带最年轻的发明家。"我故作镇定地说。

　　他摇了摇头。"我以为最年轻的发明家是彼得·帕克。他是个天才，才十六岁。你是彼得·帕克吗？"

　　我挺起腰杆，尽量让自己显得高大。"我不会告诉你我的名字。你难道不知道这个俱乐部叫'匿名发明家'吗？我们的名字都得保密。"

　　这句话倒是把他镇住了。

　　"抱歉，请跟我来。"男人尴尬地说。

　　他推开一扇大大的橡木门，"打扰了，先生们……嗯……呃……女士，我想这儿还有一位贵俱乐部的成员。"

屋子里所有人都转过身来望着我。此时，屋里有五男一女，除了那个女人，男人们都留着胡子（如特征2），而且我还发现那个女人的眼睛之间的距离很近（如特征1）。根据我的经验，这就意味着他们中的每个人都有可能是盯上斯旺先生的那个间

谍。接下来我该怎么办呢？

此时，一个留着乱糟糟的黑色胡须的高个子男人走了过来。"你好，年轻人，你叫什么名字？"他向我问道，但他没有告诉我他的名字。

我双手插兜看着地面，紧紧抿住嘴唇。我下定决心，决不暴露自己的真实身份。

但是"黑胡子"并没有放弃。他追问道："快说吧，孩子，你叫什么名字？"

气氛一下子变得紧张起来。其他发明家都围了上来，以一种瘆人的方式朝我狞笑着，逼我吱声儿。

庆幸的是，此时大门开了，所有

人都朝那边看了过去。

"啊，彼得，是你啊，"黑胡子高喊之时，一个少年走了进来。我立刻猜到他就是那个天才，彼得·帕克。至少他不留胡子，除了他那副超大眼镜外，他看起来挺正常。

我迅速地在一张纸上记下他的名字。这个信息以后可能会派上用场，谁知道呢？特征3：带着超大眼镜的人。我且看他是否形迹可疑。

"彼得，我们这儿来了位新成员，"黑胡子说着，指向我，"但是他不肯告诉我们他的名字。你能劝劝他吗？"

听到这句话，我不由得向墙边倒退了几步。我担心他们为了让我开口

而使用暴力。我曾经在电影、电视剧里看到过类似的场景，我可不想让这种事发生在我身上。

"走开，"我尖叫道，"我要报警了。"

"我们只是问问你的名字。"

"你们为什么要知道我的名字？"

"我们只是……"

"我不会告诉你们的。如果你们敢动我一根手指头，我就给老基特警官打电话。救命！救命！救命啊！"

我知道如果我喊的声音足够大，就会有人来救我。

几秒钟之后，门被撞开了，妈妈冲了进来。

第 五 章

事实上，对于"匿名"一词，妈妈的理解有误——准确地说是有偏差。这些发明家根本就不是"匿名"的。

他们听了我的话，哈哈大笑起来。

"不，我们不会把自己的名字保密。那只是我们俱乐部的名称而已。"

哼，典型的大人坑小孩，我心想。

　　妈妈很生气。我猜她是因为这个误会而感到尴尬。她像平常那样开始责备我。

　　"你根本就不应该出现在这儿，达米安"，她脸色通红，"你答应过我，会乖乖待在厨房里。"

　　"好了，好了，"黑胡子说道（他告诉我他叫阿尔伯特·斯文德斯①）。"我想这个小男孩儿是想来一次探险。您准备食物的时候就让他和我们待在一起吧。他可以看看我们的发明。他待在这儿不会有什么麻烦的。"

妈妈试图反对。但是阿尔伯特·斯文德斯先生还是说服了她，让我留了下来。我把他的名字也记在了纸上，写道：

即使他留着胡子，也肯定不是个犯罪分子。

"彼得可以照看他，要知道彼得很出色。他是他们班里的尖子生。"黑胡子说道。

---

① "斯文德斯"的英文拼写形式是"swindles"，它的单数形式"swindle"在英语中有"诈骗、骗子"之意。

这一套对妈妈来说很管用。"或许他能给达米安讲讲在学校用功读书的重要性。"

我只是微笑着点点头。这也许是在大人们谈论这类事情时我唯一能做的了。

妈妈一走，我便开始了紧张的侦察工作。毕竟，我来这儿是为了追踪盯上斯旺先生的间谍。在这些人中，谁会是那个偷走斯旺先生创意的间谍呢？我心生一计，打算和每个人都聊聊，诱使他们在不经意间暴露自己的罪行。

我很快便摆脱了彼得。他只对调试他发明的自动煮蛋器感兴趣。我觉得这简直是个愚蠢至极的发明。因为是个人都知道怎么煮鸡蛋，就连我妈都会。

　　我拿着纸在屋里转悠来转悠去，准备记点什么。我试着和每一个人交谈，但他们每个人都拒绝回答我的问题。他们不是说"我忙着呢"，就是说"我有事要做"，或者说"让我一个人待会儿"。我觉得他们每个人都很可疑。唯一一个愿意跟我说话的是那个眼间距很近的女人。她已经组装好了她的柠檬水自制机，这家伙看起来还不错。（我想要一杯尝尝，但她不让。）

　　"你认识斯旺先生吗？"我问道。

　　她摇了摇头。"他以前也来参加我们的聚会，但是几个月前他就不来了。"

　　我把这个重要信息记录了下来。
我知道这里面肯定有问题。"他为什
么不来了？"

　　女人脸红了，似乎有些紧张。"嗯，
他变得有点……古怪，总是觉得别人
都在窃取他的点子。"

　　"别人真会那么干吗？"

　　女人的脸变得更红了。"当然不

会。"她说道。

但是她说的是真的么？我需要进一步证实。

当我的调查正进行到一半时，妈妈推着一辆装满食物的餐车走了进来，并把食物摆在了一张巨大的桌子上。所有人都冲上前去拿盘子，但我成功地抢到了队伍的最前面。

"达米安！"妈妈悄声对我说道。"这些吃的不是给你准备的，你又不是发明家。"

但是阿尔伯特·斯文德斯很热心地说："小家伙看来是饿了，需要吃点东西。"他坚持让我去拿吃的。出于礼貌，我在盘子里装满了香肠卷、

火腿三明治、炸薯条和我最爱的巧克
力奶油蛋糕。

　　我靠窗坐下。过了一会儿，彼
得·帕克坐到我旁边。我主动提出帮
他吃完他盘子里的三明治，因为他似
乎根本不饿。

　　"拿去吧，"说着，他把盘子递
给我。我注意到，他从兜里掏出了一

张图纸，凝视着，不时地皱眉头。

"这是你的另一项发明吗？"

"这个还没完成呢，"他说道，"只剩一天了，我必须赶在比赛前把它弄好。"

"比赛？"我反问道。

"发明家大赛。奖金是6000英镑。"

我几乎被最后一口鸡蛋水芹三明治噎到。我的侦探头脑飞速运转。

现在我确信，我已经发现那个盯上斯旺先生的间谍了。

第 六 章

晚上回到家，我马上给陶德和侦探小分队的其他伙伴们打了电话。

"重大消息，明天十点整大家到小木屋集合，别忘了带上你们的笔记本。"我叮嘱道。

第二天早上，所有人（除了哈里）都争着告诉我他们前一天的侦查结果。

"达米安，你知道吗，我们都淋丝（湿）了，哈腻（里）不得不回家去。他不停地打喷气（嚏）。"拉芙说。

真是让人不可思议，哈里可是我们当中块头儿最大的，居然还得了感冒。他肯定是忘了带雨衣。瞧瞧，好记性对于侦探这个职业来说多么重要。

"我们巡逻得相当认真，在斯旺

先生住的那条街上我们注意到了一个留着胡子的男人。”陶德说。

“达米安，就是特征 2 的那个样子的，对不对。”拉芙上蹿下跳地说道。

“对的。”我点点头。

“我们跟着他走到了斯旺先生家门口，以为他会破门而入，便试图阻止他。至少‘大个儿’是这么想的。”温斯顿说道。

“好样的！”

“但事实并不是我们想象的那样。我们以为的间谍其实是个邮递员。”

不得不说，伙伴们要学的东西还有很多。

"他缩（说）他要去锦（警）察那里告我们。"拉芙很委屈。

"要是警察找到我家，我妈非得气死不可，所以我们还是别做侦探了，这也太危险了。"温斯顿耸耸肩。

"大家别急！有个消息要告诉你们：我已经找到那个偷斯旺先生发明的间谍了。"我神秘地说。

随后我便跟他们说了有关彼得·帕克的事。但这似乎无济于事。大伙儿还是不想干了。我猜他们肯定是害怕和罪犯打交道。

从现在开始，如果想要抓住彼得·帕克的话，就得靠我自己了。

"有件事需要你们帮忙。"我说道。

"什么事？"

"我需要一顶帐篷。"

"你要帐篷干什么？"

"今天是方案提交前的最后一天。彼得·帕克今晚肯定会闯入斯旺先生家的库房。我得找个地方躲起来，所以我需要一顶帐篷。"

"噢，达米安。你真有（勇）敢，你可以用我的帐篷。它超其（级）可爱，上面到醋似（处是）小仙女。"拉芙自豪地说。

想象一下：躲在一个娘里娘气、上面全是仙女的帐篷里，这可不是一个侦探应该有的形象。但是其他人都没有帐篷，我还能有其他选择吗？

我的计划是：晚些时候，从卧室的窗户爬出来，潜伏在斯旺先生家附近。这样，我就能把彼得·帕克抓个正着。

第 七 章

我假装陪着妈妈看电视，但满脑子想的都是抓间谍的计划。天快黑了，我想我得尽快回到卧室。侦探的直觉告诉我，彼得·帕克很快就会在黑暗的掩护下出击。于是，我假装打了个哈欠。

"达米安，你看上去有点累。"妈妈说道。

　　"我得早点睡。明天上学还要早起呢。"一般情况下我是不会以此为借口的，但我也知道，除了这个理由我也编不出更好的了。

　　"作业做完了吗？"

　　我叹了口气。妈妈为什么只关心作业呢？难道我就不能在其他方面发挥一下我的聪明才智吗？

　　"那个彼得·帕克是个聪明的孩子，他在学校肯定是很用功的学生。"

妈妈说。

然而，我却不能告诉她真相。我不能告诉她，彼得·帕克是个剽窃别人点子的间谍。"妈妈，要知道有些人可是表里不一的呦。"我反驳道。

她用奇怪的眼神看着我，把电视机的声音开得更大了："晚安，亲爱的。"

我冲上楼，在浴室待了几分钟。我想让她觉得一切正常。随后我走进卧室，换上一条黑色牛仔裤，一件黑毛衣，戴了顶棒球帽。夜间行动，隐形是必要的。接着，我用一只黑色水彩笔把我的脸也涂黑了。要知道，这么干虽然耗时间，但效果还不错。此

刻，我全身上下只有眼球还泛着白光。
我马上用墨镜给遮上了。完美！虽然
这可能增加了在黑暗中找路的难度。

　　时钟指向八点，我知道我必须出
发了，要不就赶不上了。我推开窗户，
爬到厨房的屋顶上，跳了下去。

　　在赶往清水街的路上，天下起了

雨。我把帽檐往下拉了拉，以免脸上的墨水流没了。我迅速地在花园前把拉芙的帐篷支好。我把它支在大门口处低矮的石墙边。没有人会注意到它，特别是彼得·帕克。我又在树丛中掰下几段树枝堆在帐篷上面。这是个很好的掩护。没人会知道我藏在这儿。

我爬进帐篷边躲雨边等待着间谍的出现。

拉芙的帐篷有点小，我的脚露在帐篷外面。不过因为上面盖着树枝，所以我觉得还挺舒服的。其实也没必要一直盯着看，我注意听着点儿动静就行了，随即闭上了眼睛。要知道，我的听力极佳。

此时，意想不到的事情发生了。我趴在大门附近，一头"大象"踩在了我的身上。

"啊啊啊啊！噢噢噢噢！嗷嗷嗷！救命啊！"我高喊。我被这一大坨东西压得喘不过气来。那头"大象"尖叫道："哦哦哦哦哦哦！啊啊啊啊啊啊！不！"转瞬间，我便意识到"大象"不会说话。这肯定是彼得·帕克！

我能感觉到他在挣扎，但是此刻他也站不起来。我精心布置在帐篷周围的树枝上面全是刺，这让他动弹不得。问题是，我也动弹不得！

我声嘶力竭地喊道："别以为你能跑掉。快快束手就擒吧！"

"别自以为是了！"他冲我喊道。突然，我觉得这个家伙从我身上骨碌下来，心想："不好，他要逃跑。"

第 八 章

这时，我听到两辆车急刹车的声音，看见其中一辆车顶闪着蓝光。

我从帐篷里钻出来，被眼前的场景震惊了。两位警察跑过来，逮捕了阿尔伯特·斯文德斯！很明显，他们犯了个愚蠢的错误——让彼得·帕克逃跑了。

"你们为什么抓他？"我一边说

一边掸掉我身上的落叶。

警察低头看了看我，好像我是从外太空来的。"孩子，我不知道你来这儿做什么，但是房主报警说有人闯进了他的花园。"

当然，我能理解，斯旺先生并不知道我在追捕罪犯。

"但是你们抓错人了，真正的犯

人已经逃跑了。这位是阿尔伯特·斯文德斯先生，匿名发明家俱乐部的主席。我要跟老基特警官汇报个情况。"我说道。

"你不能这么做，达米安！"我一回头，看见妈妈从货车里走出来，后面跟着拉芙和陶德。

"噢，达米安，"拉芙向我跑来，用她的胳膊抱住了我的腰。"你妈妈打电话来缩（说）你不在寄（自）己的床上，我们都恰（吓）坏了。"

"对不起，达米安，你妈妈真的很担心你，我们不得不告诉她你在哪儿。"陶德说道。

我能理解。毕竟，在保守秘密方

面，他们没受过专业训练。

在妈妈还没来得及再冲我大发脾气之前，斯旺先生穿着睡衣从屋里走了出来，陶德的奶奶也从隔壁走了出来，几乎所有的邻居都在同一时间汇集到了斯旺先生家的小花园。他们似乎对这种入侵行为非常不满。

斯旺先生向警察挥舞着拐棍，说道："真是时候。我十分钟前就打了

999。你们上哪儿去了？怎么能让一群无赖在我的花园里野营。现在怎么样了？"

这时，又有一辆警车驶来。三个本地的警员从车上跳了下来。

"那个失踪的孩子找到了吗？"其中一个警察问道。

妈妈朝我指了指。我？一个失踪的孩子？谁会想到，我，达米安·杜鲁斯，大师级侦探，间谍捕手，会是一名失踪儿童？

我站在嘈杂的人群中，等待时机想向大家解释一下。此时，我注意到一个关键线索：阿尔伯特·斯文德斯的口袋里掉出了一些东西。我想那只能是斯旺先生的发明设计图。

难道我最初对阿尔伯特·斯文德斯的猜测是对的？（他确实留着胡子，符合特征2。）星期六的派对上，他非常狡猾，想通过讨好我来掩盖他的罪行。可是，他骗得了我一时，却骗不了一世。

一群人都在那儿大吵大嚷，似乎没人想听听我的意见。这时，又有一辆警车驶来。在我看来这就是在浪费纳税人的钱——老基特警官从车里走了出来。

"出了什么乱子？"他向一个警官询问，随后便看到了我。

"达米安！"他向我打了个招呼。

我微笑着朝他挥了挥手。我和老

基特警官很熟。他把我视为他的得力助手。

　　"这会儿你在这儿干什么？"他问道。显然，他急切地想要掌握全部信息。

　　我解释了一下斯旺先生发明方案被盗一事。"他肯定是躲在房子后面，在我支帐篷的时候潜入了库房……"我从阿尔伯特·斯文德斯的口袋里掏出了几张纸，并举起来给众人看，"在他得手之后逃跑时被帐篷绊了一跤。"

　　所有人都倒吸了一口冷气。斯旺先生不敢相信自己的眼睛。他拿过纸看了看："这些是我最新的发明，阿

尔伯特·斯文德斯很可能最近一直在窃取我的创意。"然后他搂着我的肩膀,说道:"这个孩子应该得到奖励。你们这些人加起来都不如他。他是个天才。"

第 九 章

　　故事讲到这儿本该结束了。顺便告诉你们，斯旺先生在发明家大赛中得了二等奖，赢得了 3000 英镑的奖金。（彼得·帕克得了一等奖，但这不是重点。）他用奖金买了些新的玫瑰和杜鹃，还雇人把他的花园翻新了一下。

　　颁奖典礼时，他邀请我作为嘉宾

出席。"达米安，这是你应得的。"
他说道。

斯旺先生不得不上台发表演讲。
我们都觉得他可能会说"感谢诸位授
予我这个奖项……"之类的话，但事
实完全出乎意料。"这个地方的警察
简直就是一堆垃圾，要我说，他们肯

定查不出是谁杀死了知更鸟^①。"他说道。

　　众人哈哈大笑，除了那位在主席台上坐在市长旁边的老基特警官。他甚至没有挤出一丝笑容。

———————

① 《谁杀死了知更鸟》是英国鹅妈妈童谣系列中著名的一首。

"如果遇到了麻烦，不妨去找达米安·杜鲁斯。这个小伙子很棒。"

台下掌声雷动，直到我走上领奖台他们才停止。我本来不想上台，但是当你出了名，就由不得自己了。

"达米安，你似（是）个因（英）雄，紫（斯）旺先生又似（是）那个和蔼的老人家了。"后来，拉芙对我说。

"又有饼干和橘子汁吃咯？"

"似（是）的，达米安。饼干和橘紫（子）汁，借借（谢谢）你！"